매 순간 산책하듯

매 순간 산책하듯

김상현 지음

시공사

차례

3장   다시 제자리로
돌아오는 일

산책주의자

초등학교 1, 2학년 무렵, 집 열쇠를 챙기고 나가는 걸 종종
깜빡했다. 그래서 학교를 마친 후 아무도 없는 집에 들어가
지 못하곤 했는데 그럴 때면 당황은 잠시, 이내 망설임 없이
옆 동네에 사셨던 큰이모 댁으로 향했다. 그 당시 내 보폭으
로 30분이 넘게 걸리는 거리였으니 어린아이가 혼자 걷기
에는 꽤 먼 여정이었다. 하지만 단 한 번도 힘들다는 생각이
들진 않았다.

아파트 후문 한쪽의 작은 놀이터, 문방구 앞 미니카 레일에
옹기종기 모인 아이들, 태권도 학원에서 들리는 커다란 구
령 소리, 비디오 가게 앞에 붙어 있던 신프로 포스터들, 익
숙한 얼굴의 동네 사람들. 길 위의 다양한 풍경을 자연스럽
게 지나치며 쉬어 가지도, 뛰어 가지도 않고 천천히 같은 속
도로 걸었다. 큰이모 집이라는 목적지보다는 걸음을 옮기
는 것 자체가 나에겐 하나의 놀이 같았다.

아마 그때부터 시작된 것이 아닐까 싶다. 혼자서 시간을 보내는 가장 적당한 방법, 산책.

시간이 흐르며 나만의 즐거운 혼자 놀이는 때때로 절박함의 도구로 쓰이기도 했다. 갑작스럽게 아빠가 돌아가셨을 때, 긴 연애가 끝이 났을 때, 수없이 많이 나의 한계와 세상의 불공평함을 마주했을 때, 불편한 마음은 갈라진 틈을 비집고 들어왔다. 그럴 때면 주중의 늦은 밤, 새벽, 주말의 한나절, 깨어 있는 시간의 틈 모두를 산책으로 메우려 했다.
어떠한 귀찮은 짐도 없이 문밖을 나서서 목적 없이 걷고 또 걸었다. 산책을 할 때에는 한 걸음 한 걸음마다 시간이 느리게 흘러간다. 시간을 느슨하게 만들면 풀리지 않을 것 같던 단단한 마음의 매듭도 살짝 헐거워진다. 그렇게 헐거워진 매듭 사이로 빠져나오는 고통들을 스쳐가는 바람과 길 위에

다 조금씩 흘러버렸다.

걷다 보면 들떠 있는 마음이 내려오기도, 깊게 가라앉은 마음이 다시 떠오르기도 한다. 걸음은 내 마음의 높낮이와 상관없이 변하지 않는 수평선처럼 늘 잔잔함으로 되돌아오게 만들어준다.

몇 년 전부터 서울에서의 타지 생활을 시작한 이후 혼자 지내는 시간이 이전보다 늘어났다. 생소한 주변도 둘러볼 겸 더 많은 시간을 산책하며 보내고 있다. 가끔은 거리가 꽤 멀어도 시간 여유만 있다면 목적지까지 걸어가 보기도 한다. 날씨나 장소에 상관없이 그저 걷는 것에 집중하다 보니 산책에 대한 애정이 보다 세세해지고 짙어졌다.

앞으로 어떤 길을 걸어 나가게 될진 확실할 수 없지만 그 어떤 미래의 모습에서든 나는 산책의 시간을 갖고 있을 것이다. 그렇게 스스로 '산책주의자'의 삶을 자처하기로 했다. 두 손 가볍게 문밖을 나서 내키는 대로 향하고, 새로운 길 위에서 잠시 길을 잃어보기도 하고, 예상치 못한 풍경의 즐거움을 만나고, 지칠 때는 쉬어가기도 하면서 결국에는 가장 익숙한 곳으로 수백 수천 번 돌아올 것이다.

그렇게 일상의 모든 순간, 산책하듯 지내고 싶다.

1장

시간의 틈을 채워 넣고

길을 걷다 보면 온갖 생각들이 피어나.

스쳐가는 크고 작은 것에 대한 상념들,

붙잡을 수도 지워버릴 수도 없는 기억들.

생각의 구름을 따라 천천히 걸음을 옮기다 보면

비어 있던 시간은 선명한 장면들로 채워져 있어.

장점

산책을 하면 좋은 점 딱 한 가지.

해가 쨍쨍해도,
구름이 잔뜩 껴도,
비가 쏟아져도,

빠르게 걸어도,
천천히 걸어도,
때로는 잠시 멈춰도,

목적지가 없어도,
너무 애쓰지 않아도,
맘껏 시간을 보내도,

잘하지 않아도,
사랑하지 않아도,
아무도 봐주지 않아도,

그냥 걷는 것.
적당함 그 자체로 완벽해지는 점.

습관

빼먹지 않으려는 작은 습관들이 있다.

산책하기, 이불 정리하기,
스트레칭하기, 화분에 물 주기 같은 것들.

거창한 목표나 의미를 두는 것은 아니다.

다만,
내 맘대로 안되는 것 투성이인 하루 속에서,

그 잠깐의 노력이 주는, 잠깐의 뿌듯함이,

나의 하루를 젓는 노를 꽉 쥐게 해준다.

의미

내가 진심으로 바라는 미니멀라이프란,

버리는 것도 물론 중요하지만

의미 없는 다수가 아닌,

의미 있는 하나에 집중하는 것.

'깔끔한 사람' 이라는 말에는 여러 가지 종류가 있다. 청소를 자주 꼼꼼하게 하는 사람, 물건의 각을 딱딱 세워서 정리하는 사람. 나도 나름 깔끔한 사람이라고 자부하지만 전자와 후자, 모두에 속하지 않는 '잘 버리는 사람' 이다.

기분을 전환하고 싶을 때, 가끔 50리터짜리 종량제 봉투를 산다. 그리고 집에 있는 온갖 수납장을 찬찬히 뒤지기 시작한다. 필요 없는 것들 혹은 애매한 것들, 미련이라고 생각되는 것들은 모두 봉투 속으로 향한다. 영혼까지 끌어모으는 쓰레기라고 할까. 어쩌면 봉투를 채우는 기쁨을 위해 애꿎게 버려진 물건도 있었을 것이다. 그렇게 가득 채워서 내버리고 나면 조금은 시원해진다.

물건에 대한 큰 애착이 없다. 오래된 편지, 직접 찍은 사진, 어릴 적의 일기장도 더 이상 남아 있지 않다. 가끔 아쉽다는 생각이 들기도 한다. 하지만 무언가 물건을 살 때마다 그것이 주는 즐거움을 상상하는 동시에, 어떤 공간의 한쪽을 차지하게 될, 잠재적인 짐으로 비치기도 한다. 그래서 여행지에서도 주변 사람들을 위한 선물이 아닌, 나를 위한 기념품은 웬만해선 사지 않는다. 차라리 맛있는 한 끼를 더 먹는 것을 택하고는 한다(음식은 늘 기쁨만 주고 쿨하게 사라지니까).
'남는 것이 없다'는 말은 나에게 긍정적인 문구에 가깝다.

어쩌면 '짐'이라는 단어의 무게가 사람마다 조금 다를지도
모르겠다. 나는 부산에서 태어나 인천에서 출생신고를 했
다. 초등학교 전까지 열 번도 넘게 이사를 했고, 초등학교
도 두 번이나 전학을 다녔다. 스무 살부터 혼자 살기 시작하
여 어느새 여덟 번째 자취방에서 살고 있기도 하다. 이사를
할 때는 매번 버리는 과정을 거치고, 소중한 것들 중 더 소
중한 것들만 추려, 최소한의 짐을 만든다. 그래서 아마 스
스로 버린 것도 있겠지만, 이사를 하던 중 조용히 어딘가로
사라진 물건도 꽤 있었을 것이다. 그렇게 언제, 어떻게 사
라질지도 모르는 물건에 애착을 가지는 일이 어색해지게 되
었다.

이렇게 미련 없이 무언가를 잘 버리면 그 무엇도 소중히 여
기지 않는 것 아니냐는 의심 아닌 의심을 받을 때도 있다.
하지만 손에 잡히는 것들을 비워내는 것만큼 손에 잡히지
않는 것들에 진심을 보태며 살아왔다. 잦은 이사로 인해
'애착인형'은 없었더라도, 내가 소중히 여기는 것들은 늘

상상과 바깥을 넘나들며 넘쳐났다. 기쁨, 슬픔, 즐거움, 사랑이나 연민 같은 사소한 감정들에 늘 진심이었기 때문이다.

드라마 〈미스터 션샤인〉에 이런 대사가 있다.

> "난 원체 무용하고 아름다운 것들을 좋아하오. 달, 별,
> 꽃, 바람, 웃음, 농담, 그런 것들."

손에 잡히지 않는 것들일 뿐, 미니멀리스트라고 하기에는 내 삶 속엔 이미 충분히 많은 것들이 존재한다.

옷장

티가 잘 나지는 않지만
나름 겉모습에 신경을 쓰고 있다.

셔츠, 바지, 재킷, 신발, 가방.
한정된 경우의 수의 늪에 빠진다.

흔하게 보이고 싶지 않다.
하지만 튀고 싶지도 않다.

멋있어 보이고 싶긴 하지만
돈과 시간을 쏟을 여력은 없다.

갈팡질팡대는 마음처럼,
오늘 거울 속 모습도 참 애매모호하다.

모순

조용한 편이다. 목소리가 작다.

말이 많다. 대화와 수다를 사랑한다.

언뜻 봐서는
전혀 어울리지 않는 말이지만,

나는 조용하게 말이 많다. 아주.

겨울

밤 사이 체온으로 채워진 아늑한 공기 사이로,

살짝 열린 창문 틈으로 얕은 냉기가 흘러들어.

따뜻한 차와 피어오르는 향 연기를 바라보며

한없이 깊고 고요하게 가라앉을 수 있는,

어쩌면 나답게 지내기 딱 좋은 계절.

나는 2월 말, 봄이 찾아올 듯 말 듯한 겨울의 아주 끝자락에 태어났다. 그것이 이유가 될지는 몰라도 사계절 중 겨울을 가장 좋아한다.

특히 겨울만의 찬 공기를 좋아한다. 차갑고 바싹 마른 공기가 집 안 구석구석을 얕게 흐를 때면 마음이 차분하게 가라앉는다. 따뜻하게 데워진 방바닥, 체온이 은은하게 남아 있는 이불 속, 카펫 위 나른하게 늘어져 있는 오요(일곱 살 된 나의 반려묘), 수증기가 피어오르는 차 한 잔……. 미세한 온도조차 겨울의 공기 속에서는 모두 소중하게 느껴진다.

살다 보면 마음이 무겁게 가라앉는 순간들이 있다. 그런 순간에는 너무나도 화창한 하늘이나 원색 가득한 꽃과 나무들이 펼쳐진 풍경이 오히려 스스로를 처량하게 만들곤 한다. 나의 기분이 이 좋은 계절과 날씨를 따라가지 못하는 느낌이 든다. 하지만 겨울은, 조금 움츠려 지내도 충분히 괜찮다. 세상의 모든 존재들이 그렇게 지내는 계절이니까. 아무런 소리도 없이 무채색으로, 묵묵히, 그리고 무심하게 계절을 흘려보낸다. 그래야만 봄을 맞을 수 있으니까.

몇 해 전, 혼자 삿포로로 짧은 여행을 다녀온 적 있다. 11월 말의 초겨울이었지만 이미 새하얘진 세상이 나를 맞아주었다. 흩날리는 눈송이를 맞으며, 도시를 유유히 방랑하듯 걸어 다녔다. 온도는 분명 차가웠지만 춥다는 생각은 들지 않았다. 걷다 지치면 카페에 들어가 앉아 머그잔을 손에 쥐고 창밖을 감상했고, 허기가 지면 따끈한 수프 카레로 속을 데웠다. 따사로운 겨울의 도시였다.

이튿날, 투어 버스를 타고 도착한 비에이는 티 없이 새파란 하늘과 새하얀 눈밭, 그 경계를 덤덤하게 서 있는 앙상한 포플러 나무들이, 커다란 캔버스를 무심하게 여백으로 비운 하나의 그림처럼 펼쳐져 있었다.

그 아름다운 풍경을 마냥 즐겁게 바라보지는 못했다. 그때의 나는 긴 연애가 끝나 가슴 한쪽에 슬픔이 차 있었던 시절이다. 그래서 여러 가지 감정이 복잡하게 밀려들던 때지만 그 어떤 감정도 부정적으로 다가오진 않았다. 차가운 공기가 낮고 무겁게 깔리듯이 자연스럽게 느껴졌다.

버스에서 삼삼오오 내린 관광객들은 저마다의 표정을 지닌 채 온전히 겨울의 풍경을 즐기고 있었다. 눈을 보고 잔뜩 신이 난 아이들, 미소를 지으며 사진을 찍는 중년 부부, 가만히 앞을 바라보며 걷는 노년의 부부, 그 사이에서 멍하니 풍경과 사람들을 번갈아 보는 나. 모두 다른 표정으로 서 있었지만, 겨울의 풍경에 그 어느 누구도 이질감 없이 그대로 녹아들었다.

기쁨, 즐거움, 설렘, 슬픔, 아픔, 외로움. 겨울은 모든 감정을 잔잔하게 받아주는 아량이 넓은 계절이다.

공백

신호등을 기다리고, 버스를 기다리고
또는 누군가를 기다리는,

무언가의 때를 기다리는
수많은 시간의 공백들이,

내 멋대로 시간을 끄적이기에,
가장 완벽할지도 몰라.

매번 똑같은 그림들로
빈 종이를 채우기에는 아쉽고,

그 순간만큼은 시간을 까맣게 잊을 정도로

철없는 짓들로 듬성듬성 채우고 싶어.

취미

지금 하고 있는 무언가를
'취미'라고 부를 수 있을까?

취미와 특기를 적어
빈칸을 채우는 일은 늘 쉽지 않았다.

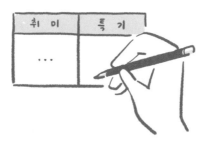

서로 다른 것을 적어야 할 것 같고,
너무 사소해도 안 될 것만 같은 느낌.

그렇게 채우고 나면 또 왠지,
내 것이 아닌 듯 어색했다.

틈만 나면 나를 산만하게 하는
'좋아하는 일'과 '잘하는 일'
사이의 고민은 어쩌면,

누군가에게 보일 두 칸을
채워야 한다는 부담감도
분명 한몫했을 거야.

사실 아무도 깊게 바라보지 않을텐데,
아무렴 그냥 뻔뻔하게 쓰면 어때.

내가 제일 좋아하는 것을,
나는 제일 잘 한다고.

그림

어린 시절 난 주목받는 것이 가장 두려워서,
작은 시선과 관심에도 작동이 멈춰버렸다.

그런 어느 날 수업시간에 그린
'해님 달님'의 호랑이 그림이
학교 중앙현관에 걸리면서,

좋아하는 일로 누군가가 날 알아주는 것은
아주 신나는 일이란 걸 깨닫고 말았다.

아마 보통 이런 이야기의 결말은
'훗날 훌륭한 아티스트가 되었답니다.'이겠지만,

사실 이후로 많은 사람이 알아줄 재능도,
남들보다 치열하게 그릴 집념도 없어서

결국에는 다른 직업을 가지고
취미라는 말로 방패를 삼아
딱 좋아하는 만큼만 그려가며,

멋진 그림을 그리는
수많은 멋진 사람들을
순수하게 동경하며,

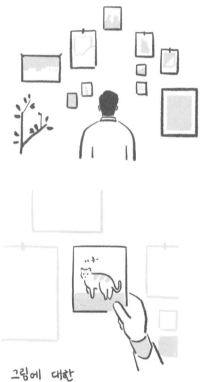

그림에 대한
변함없는 짝사랑을 이어오고 있다.

어른이 된 내가, 이렇게 그림을 그리고 있을 줄은 감히 상상도 못했다.

어렸을 때부터 그림을 좋아하긴 했다. 여섯 살 때 미술학원에서 운영하는 유치원을 다니며 처음으로 결정한 나의 꿈은 '화가'였다. 무슨 자신감이었는지 몰라도 그 꿈에 대해 말하는 것이 너무나 즐거웠고, 언젠가 꼭 이루게 될 것이라고 확신했다. 화가가 되겠다는 꿈은 초등학교 고학년이 될 때까지 이어졌고 미술학원도 꽤 오래 다녔다.
하지만 나에게 그리 대단한 재능은 없었다. 데생은 지루하기 짝이 없어 제대로 끝을 본 적도 없고, 수채화는 매번 물 조절에 실패해 종이가 잔뜩 울어버렸다. 그런 순간들이 지속되자 자연스럽게 흥미를 잃었다. 어쩌면 내 인생의 첫 번째 좌절이었다.

그 시기에 나는 사촌 형을 동경했었다. 집도 가깝고 비슷한 또래라서 같이 그림을 그리거나 이것저것 만들며 자주 놀곤 했다. 형은 항상 머릿속에 있는 온갖 것들을 쓱쓱 잘 그렸고, 신기한 것들로 가득한 세상을 끊임없이 상상해냈다. 나는 그것들을 옆에서 지켜보며 종종 따라 해봤지만, 형의 것과 비교했을 때 내 것은 한참 어설펐다. '그림은 형처럼 재능 있는 사람들이나 하는 거야. 재능이 없으면 집념이나 열정이라도 있어야 할 텐데, 나는 그런 것도 딱히 없는걸.' 그림은 더 이상 꿈이 아니라, 적당한 취미 중 하나로 슬그머니 내려두게 되었다.

그로부터 20년이 훌쩍 지났다. 여전히 그림 그리기를 좋아한다고 말하고 다녔지만, 나는 어느 순간부터 그림을 그리고 있지 않았다. 그러다 첫 직장 생활에 뛰어들었다. 일상이 팍팍해져 가끔은 숨이 턱턱 막히는 날들이 생겼다. 회사와 나 사이에 적절한 거리를 만들어주는, 숨 쉴 구멍이 절실하게 필요해졌다.

그렇게 펜을 다시 꺼내고, 작은 드로잉 북을 샀다. 퇴근 후, 주말, 그리고 틈이 날 때마다 그림을 그렸다. 사진을 따라 그리는 모작일 뿐이었지만 내 나름대로의 느낌을 더해보고, 그날의 감정을 최대한 담아내려 했다. 자주 끄적이다 보니 선을 쓰는 손이 조금씩 가벼워졌다. 어느 순간부터는 거의 매일 펜을 들었고, 가끔 주변 지인들을 그려주고 그들에게 선물하기도 했다. 그림을 선물로 건네줄 때 상대가 느끼는 기쁨은 고스란히 나의 기분으로 넘어왔다. 그리는 것이 순수하게 즐거워졌다.

그제서야 알게 되었다. 나는 이전까지 그림이 취미였던 적이 단 한 번도 없었다는 것을. 초등학교 때 화가가 되길 포기한 순간부터 그림은 취미가 아니라 하나의 미련에 불과했다. 재능이 없어 잘하지 못하기에, "좋아한다"고라도 말하고 싶었던 것 같다. 정작 일상에서 선 하나, 동그라미 하나조차 그리는 법이 없었으면서.

지금의 내가 그림을 바라보는 태도는 사뭇 다르다. 꾸준히 그리다 보니 '일러스트레이터'나 '작가'라는, 아직은 듣는 것이 꽤 어색한 나의 또 다른 정체성이 생겨나고 있다. 실력은 여전히 고만고만한 곳에 머물러, 그저 멋지고 재능 있는 수많은 작가들을 선망하며 조금씩 흉내 내어보는 수준이지만, 더 이상 초조한 마음이 들지는 않는다. 또 그림을 통한 어떤 미래를 그리지도 않는다. 단지 현재의 내가 즐겁기 위해 종이와 펜, 또는 태블릿 PC 하나 꺼내 들고 가볍게 끄적이는, 가성비가 아주 훌륭한 취미, 딱 그 정도의 마음가짐으로 해나가고 있다.

그림에게 바라는 것이 없다. 그저 질리지 않고 지치지 않으며, 얕고 길게 해나가고 싶을 뿐이다. 내가 가장 사랑하는 취미니까.

고민

한 번에 여러 일은 그럭저럭 해내지만,

이상하게도 '고민' 만은,

그 무엇과도 멀티태스킹이 되지 않아,

몸과 마음이 그대로 멈춰버린다.

단잠

가끔 수많은 걱정이 무안할 만큼,

잠이 모든 것을 해결해 줄 때가 있다.

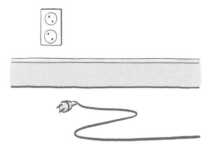

고단한 생각의 고리를 손쉽게 끊어 버리고,

시간을 자연스레 흘려보낸다.

좋아하는 대화의 분위기가 있다.

별것 아닌 소재에 격앙되어 쏟아내다가,

깊은 이야기를 무심하게 툭툭 뱉어내고,

그렇게 냉탕과 온탕을 몇 차례 반복하고 나면,

한숨, 먼 산, 실소로 마무리되는 대화.

달라진 것은 시간밖에 없지만,
찾아오는 왠지 모를 개운함.

음식

나는 순수하게 먹기 위해 인생을 살아 간다.

만족스러운 한 끼면,
하루쯤은 충분히 행복할 정도로.

참 단순한 삶의 방식이라는 생각이 들면서도

좋은 음식은 말할 것도 없고,
건강한 나와 여유로운 시간과 돈,
따뜻한 공간과 편안한 사람들까지

그 완벽한 한 끼라는 것이,
알고보면 굉장히 까다로운 일이라는 것.

그래서 항상 먹고사는 것이
커다란 문제라는 걸까.

음식으로 기억하는 추억들이 있다. 바쁜 와중에도 소풍 가는 날이면 좋은 재료를 잔뜩 넣어 싼 엄마의 김밥 도시락, 술에 취한 아빠가 해산물을 좋아하는 엄마를 위해 집 앞 트럭에서 사 왔던 대게 몇 마리, 외할머니 댁에 가면 밥 한두 공기쯤은 금방 비워내게 했던, 무말랭이가 오독오독 씹히는 명란무침. 하나하나 말하자면 책 한 권은 써 내려갈 수 있을 것 같은, 기억만으로도 미소 짓게 만드는 나만의 소울 푸드들이다.

음식이 가진 어마어마한 힘을 믿는다. 집안 형편이 여유로운 편은 아니었지만, 우리 가족은 늘 나름대로 잘 먹고 지냈다. 밥 먹는 순간만큼은 세 가족이 식탁에 둘러앉아 도란도란 이야기를 나누며, 걱정 같은 것들은 잠시 미뤄두었다. 스무 살 이후 혼자 지내면서도 마찬가지였다. 직접 맛있는 요리를 해 먹거나, 좋은 음식을 스스로에게 사 주는 것은 나에게 잘해주는 가장 쉽고 확실한 방법이었다.

어느 순간 요리에 작은 취미가 붙어 사람들에게 음식을 대접할 때의 기쁨도 알게 되었다. 가끔 본가를 갈 때 엄마를 위한 밥 한 끼, 집으로 친구들을 초대해 내놓는 푸짐한 한 끼, 사랑하는 사람과 특별한 날을 맞아 차린 소중한 한 끼. 맛과 향, 모양, 함께하는 대화와 분위기까지 한 끼 식사는 그 어떤 것보다 완전한, 그리고 충분한 이벤트이다.

언젠가부터 문득 바람이 생겼다. 훗날 작은 식당의 주인이 되고 싶다. 지금의 내 삶과는 큰 관련이 없어, 다소 허무맹랑한 이야기이긴 하다. 또한 식당 주인이 되는 일을 만만하게 생각하는 것도 아니다. 오히려 순수한 마음으로 존경한다. 다만 꼭 이룰 수 있는 꿈만 꾸어야 하는 것은 아니니까, 꿈을 꾸고 상상하는 그 자체의 즐거움을 느끼며 나만의 식당을 소소하게 그려보고 있다.

사람 사는 냄새가 느껴지는 어느 동네의 한쪽에, 내가 좋아하는 식재료로 만든 단출한 몇 가지 메뉴들, 식기와 음식에 수저가 닿는 기분 좋은 소음, 그런 분위기와 닮은 편안한 음악, 모든 것이 따뜻하게 채워져 있는 아늑한 공간. 언제라도 나와 내가 사랑하는 사람들, 그리고 식당에 찾아와준 모든 사람들에게 만족스러운 한 끼를 내어줄 수 있는, 그런 공간의 주인이 되는 것을 상상한다.

그 꿈에 한 걸음이라도 가까워질 마음으로 몇 년 전 한식조리사자격증을 땄다. 틈이 나면 중식, 일식, 양식 하나하나 도전해보고 싶은 마음이다. 식당 주인은 꼭 이루어야 하는 꿈은 아니지만 이뤄질 수도 있으니까, 기회는 언제 어디에서 찾아올지 모르는 법이니까.

침묵

때로는 하고 싶은 말들이
너무나도 많아져서

머릿속이 문장과 단어들로
가득 들어차고,

무엇부터 얼마만큼 전해야 좋을지,
걱정과 두려움에 우물쭈물하다가

결국 조용히 말들을 지워버리고 만다.

무언가 맞바꾸려면 대충 가치가 엇비슷해야지.

내일, 오레, 다음주, 내년, 10년 후, 20년 후,

어떻게 찾아올지 오를 막연한 하루를 위해

오늘을 덥석 희생하는 일은 하지 않으려 해.

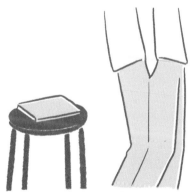

오늘은 분명 오늘 제일 값비쌀 테니까.

기적

좀 느리고 특별하지 않으면 어때.

참 미숙하고 불완전했던 나 자신이,

별문제 없이 살아내는 것 그 자체로,

큰 축복이고 기적 같은 일인 것을.

본가를 내려갈 때마다 집 주변에서 마주치는 검은 고양이가 있다. 작은 반점 하나 없이 온몸이 새까맣고 두 눈동자까지 까매서, 지나칠 때마다 "까망이"라고 아무렇게나 부르고는 했다.

동네의 초록빛 풀밭과 회색 길 위를 돌아다닐 때면 새까만 그림자가 움직이듯 사람들 눈에 잘 띄었다. 그래서 혹시나 해코지를 당하진 않을까, 제대로 먹지 못하거나 사고를 당하지는 않을까, 매번 걱정이 들었다. 동네 분들 모두 나와 비슷한 마음이었는지 사료와 물이 담긴 플라스틱 용기들이 하나둘 생겨나기 시작했다. 하지만 작은 생명체가 살아가기엔 도시는 위험하고 계절은 가혹하니, 걱정이 쉬이 줄어들지 않았다.

그렇게 계절이 지나고 작년 초겨울 본가에 내려갔을 때, 까망이는 어느새 엄마가 되어 있었다. 자신과 똑 닮은 새까만 꼬물이들 다섯 마리와 함께 햇살 아래서 뒹굴고 있었다. 주변을 어슬렁거리고 있는 아빠 고양이도 눈에 띄었다. 아니나 다를까 아빠도 새까맸다. 아이들 주변에 가득 채워진 그릇이 전보다 몇 개 더 늘어나 있는 것을 보니 동네 사람들의 축하를 받고 있는 듯했다. 마치 기적처럼 느껴졌다.

현실의 기적은 환상적이고 신비한 일이 아니라, 그저 무탈하게 흘러가는 일상이 아닐까 싶다. 작은 존재가 더 작은 존재를 잉태하고, 하루가 끝나면 또 다른 하루를 맞이하고, 익숙한 계절이 지나가면 새로운 계절이 찾아오는 일들. 특별할 것 하나 없지만 어느 하나 가볍게 주어지는 것들은 없다. 저마다 각자의 방식으로 고군분투하며 작지만 위대한 승리를 통해 쟁취한 것들이니까.

까만 아이들의 모습이 너무나도 사랑스러워 멀찍이서 사진과 동영상을 여러 장 찍고, 시선을 떼지 못하고 바라보다가 문득 마음이 찡해졌다. 아직 초겨울밖에 되지 않았는데, 아이들이 이 겨울을 잘 이겨낼 수 있을까. 부디 이 작고 귀여운 것들에게 또 한 번의 기적이 일어나면 좋겠다는 생각이 들었다.

축하해, 까망아, 너 정말 장하고 멋진 고양이야.
예쁜 아기들하고 추운 계절 잘 이겨내서 아무렇지 않게 봄에 꼭 다시 만나.

나무

누군가는 조금 높은 곳에서
'숲'을 내려다볼 수도 있고,

키를 훌쩍 넘는 '나무'를
올려다볼 수도 있겠지만,

나는 지금, 가장 가까이 손에 닿는

작은 '잎'들을 바라보며 지내고 싶다.

2장

불안은 길 위로 흘려보내고

때론 그냥 걷는 것조차 버거울 때가 있어.

마음이 차갑고 눅눅하게 내려앉아버려서.

그럴 때는 속도를 더 늦추거나

멈추어 서서 적당한 시간을 기다리곤 해.

거짓말처럼 시원하게 씻겨 내려가길 바라며.

도망

모두 서 있는 것처럼, 나도 서 있었다.
그저 남들을 따라가면 될 거라고 믿었다.

하지만 출발 신호가 들렸을 때,
나는 단 한 발짝도 뗄 수 없었다.

무참히 풀어진 끈들을 바라보며,
나의 세상은 그대로 멈추어 버렸다.

할 수 있는 선택지는 단 하나였다.
아무도 없는 곳으로 벗어나는 것.

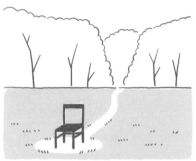

그곳에선 익숙한 외로움만 참으면
절대 상처 받을 일 따위는 없었다.

다만 그 시간이 영원할 순 없었기에,
1분 1초마다 끊임없이 되뇌었다.

'지금은 안전한 곳에서,
나의 속도를 찾는 중이야.'

'언젠가 평범하게
피어나는 날이 올 거야.'

그렇게 하나, 둘, 모두가 사라진
적막한 출발선에 다시 섰다.

불안은   길 위로
                  흘려보내고

그리고 천천히 끈을
        답답하지 않을 만큼 조여맸고,

아무도 모르게, 아주 조용히,
        비로소 나의 첫발을 떼었다.

13년 전 봄, 나는 도망쳤다.

모두가 고3이라는 타이틀을 메고 인생의 출발선에서 달려나가는 그때, 나는 학교를 그만두었다. 너무나도 많은 것들이 두려워서 선택한, 그야말로 명백한 '도망'이었지만 혼자라는 견고한 세상에서 보낸 그 시간들은 내 인생에서 꽤 맑고 잔잔한 시절이었다.

사실 그래야만 했던 이유를 지금에 와 떠올려봐도 명확하지 않다. 몸 건강이 점점 나빠졌고, 집안 분위기는 위태로웠고, 학업 성적은 꾸준하고도 천천히 내려갔다. 반항으로 표출할 줄도 모르는 겁쟁이였기에, 그냥 조용히 참았다. 그 모든 것에 전후 관계를 따질 수는 없겠지만 어느 순간 하나의 검은 덩어리가 되어, 마음의 숨구멍을 턱 막아버린 것이 아닐까 싶다.

고등학교 2학년 봄 무렵부터 선생님들의, 친구들의 시선이 두려웠다. 내뱉는 말수도 점점 줄어가다가 쉬는 시간과 점심시간에는 창밖만 멍하니 바라보았다. 열여덟 살은 흔히 티 없고 밝은 나이라고 하지만, 나는 수없이 티가 많고 어두웠다. 그리고 외로웠다. 너무 외로워서 오히려 혼자 있는 곳으로 도망치고 싶었다.

막상 학교를 벗어나니 아무 일도 일어나지 않았지만 아무 일도 일어나지 않아서 좋았다. 새벽에는 망가진 건강을 회복하기 위해 운동을 했고, 날이 좋으면 다대포항의 방파제를 산책하며 낚시꾼 아저씨들을 구경하면서 하염없이 시간을 보냈다. 온갖 영화와 드라마를 찾아보고, 틈이 날 때마다 독서실 책상에 엎드려 잠도 원 없이 자곤 했다. 하지만 등하교 시간에는 바깥에 나가지 않았다. 분명 괜찮았지만 내가 속해야 하는 곳에 속하지 못했다는 사실을 눈앞에서 마주하면 별로 괜찮지 않을 것 같았다.

그 시간을 버틸 수 있었던 가장 큰 원동력은, 의심할 여지 없이 나의 가족이다. 아무런 예고도 없이 학교를 그만두고 싶다는 말에 일말의 만류도 없이 내 결정을 지지해주고, 약 2년이란 시간 동안 단 한 번도 걱정의 내색을 비치지 않으셨던 부모님. 하지만 최근에서야 듣게 된 사실은, 그 당시 엄마는 출퇴근을 할 때마다 지나치게 되는 나의 옛 학교를 보며 항상 눈물을 흘리셨다고 한다. 그 이야기를 듣자 예나 지금이나 나밖에 볼 줄 모르는 나 자신이 부끄러웠다. 그 믿음에 보답하고 증명하기 위해 꾸준히 살아갈 것이다.

그때의 선택을 단 한 번도 후회해본 적은 없다. 하지만 모든 일이 양면성을 지니고 있듯, 이 이야기는 누군가에게 드러 내기 어색한 치부가 되기도, 또 내심 스스로 특별하다 여기 는 자부가 되기도 했다. 그러나 그때의 상황과 마음을 천천 히 다시 곱씹어보면 열여덟 살의 나는 그리 강하지도, 천진 난만하지도 않은 미숙한 아이였다. 그래서 여러 가지 주어 진 스트레스를 버텨낼 수 없었고, 몸과 마음이 회복할 시간 이 필요하여 안식년 비슷한 것을 선택한, 단순하고 평범한 일일 뿐이다. 부끄러운 일도, 우쭐할 만한 일도 아니다.

그저 현재의 나를 누군가 혹은 스스로에게 설명하는 꽤 적 당한 하나의 이벤트. 이제는 그 정도의 무게로 나의 '도망' 을 바라보고 싶다. 아마도 내가 가지지 못한 고등학교 졸업 장, 딱 종이 한 장 정도의 무게로.

아슬아슬해서
잊어버리고 싶은 어떤 순간.

과감하게 끊어내면
가벼워질 수 있을까.

하지만 확신이 없어서,
일단 묶어두어본다.

상처는 여전히 그대로,
매끄럽게 이어지지도 않겠지만,

매듭은 항상 눈에 띄고,
어딘가에 툭툭 걸리니까

종종 돌아봐주었음 해.
그때 내가 위태로웠음을.

질문

'나는 지금 어른일까?'

'나는 어떤 어른이 되고 싶었을까?'

'나는 언젠가, 어른이 될 수 있을까?'

'나는 어른이 되고 싶긴 한 걸까?'

답을 알고 싶지 않은 질문들을 나열하며,

철없는 마음속에 영원히 머무르고 싶어.

변명

어릴 적부터
혼자 보내야 하는
시간들이 많았다.

형제자매도 없고, 맞벌이하시던 부모님.

넉넉지 못한 형편과 너무 잦았던 이사.

아이들마다 말과 걸음을 떼는 속도가 다르듯,

나는 '관계'를 배우는 속도가 매우 더뎠다.

어릴 때는 사소한 인사조차
어색해 잘 하지 못했고,

불안은   길 위로   93
              흘려보내고

단지 경험이 좀 적었을 뿐인데,
무언가 결핍된 것처럼 비치기도 했다.

실은 나는 구차한 변명을 하는 중이다.

모르는 사이 내가 실망과 상처를 준 사람들과,

이렇게 어설프고 실감지 못한 나를,

지지해주고, 옆에 있어주고, 지켜봐주는 사람들.

모두에게 늘 마음의 빚을 진 심정으로,
거짓 없이 상냥한 사람이 되기 위해서,

오늘도 조금씩 '관계'의 걸음을 떼고 있다.

한 친구의 발을 밟아버렸다.

"앗" 하고, 나는 멈춰버렸다.

잠시 후 그 아이가 옆 친구에게 말했다.

"쟤는 미안하다는 말도 할 줄 모른다니까."

그 이야기를 듣고도 아무 말도 하지 못했다. 얼굴이 시뻘게
졌다. 아니라고 말하고 싶었고 미안하다고 말하고 싶었는
데, 아무 말도 나오지 않았다.

그 아이의 말은 틀린 말이 아니었다. 나는 어린 시절, 미안
하다거나 고맙다는 말, 심지어 "안녕", "잘 가"라는 인사조
차 잘 하지 못했다. 초등학교에 들어가는 순간까지 그런 말
을 해본 적이 거의 없어서 그런 상황에 놓이면 온몸이 얼어
붙었다. 그 당연하고 쉬운 단어들을 도저히 입 밖으로 내뱉
지 못했다.

초등학교 1학년, 담임선생님께서 학부모 전화 상담 중에 하
신 말씀이 있다.

"어머니, 상현이는 조금 문제가 있어 보여요. 가끔 발표를
시키면 고개를 푹 숙이고 아무 말도 하지 않고 가만히 서 있
거나, 받아쓰기를 하다가 지우개가 없으면 눈물만 뚝뚝 흘

리고 있어요."

나는 정말로 문제가 있었던 걸까. 어딘가 조금 부족한 아이
였던 걸까.

모든 아이들은 저마다 걸음을 뗄 때는 속도가 있다. 나는 어릴
적 걸음이 더딘 편이었다. 하지만 말은 또래보다 빨리 떼었
다. 자전거는 보조바퀴 없이 하루 만에 금방 탔지만 구름다
리는 여러 번 시도해도 잘 오르지 못했다. 동화책의 삽화는
곧잘 따라 그렸지만 글씨는 삐뚤빼뚤 형편없어 선생님께 자
주 혼이 났다. 혼자서는 잘 놀고 씩씩했지만 여럿 속에서는
늘 불편하고 어색했다. 엄마, 아빠를 제외하면 나에게 '관
계'라는 단어는 없는 단어에 가까웠다.
부모님은 생계를 위해 열심히 바깥에서 일을 하셨다. 안정
적이지 않은 가정 형편 때문에 몇몇 지역을 전전하며 이사
를 자주 다녔다. 늘 생소한 집에서 함께 놀 형제자매는 없
었다. 그 시절 이름과 얼굴이 떠오르는 친구들도 하나도 없
다. 어린 시절의 단편적인 기억 속에서 내 주변엔 대체로 아
무도 없었다. 하지만 불편하다거나 외롭다는 생각은 해본
적이 없다. 나에게는 너무나도 당연한 일이었기 때문이다.

물론 구차한 변명일지도 모른다. 나와 비슷한 환경임에도 적응을 잘한 아이도 있었을 테니까. 다만 나는 그러지 못한 아이였기에 문제를 자각하고 극복하기 위한 시간이 남들보다 몇 배는 더 걸렸다. 아니, 지금도 여전히 걸리고 있는 중이다. 아주 견고한 '혼자만의 방'을 깨부수려 끊임없이 싸우고 무너져왔다.

이런 어설픔을 나만의 개성이라거나 내가 가진 특별함이라고 스스로를 위로하고 싶은 마음은 없다. 미흡하다는 것은 그 자체로 잘못된 일은 아니지만 혹여 의도치 않게 누군가에게 상처를 주었다면, 그것은 분명 바람직하지 못한 일이니까. 노력할 수 있는 만큼은 계속 노력하고 싶다.

그간 어떤 관계 속에서 스쳐 지나간 모든 인연에게 미안하고 고맙다. 오늘도 혼자만의 방을 나서며 관계의 걸음을 떼어본다.

흉내

결국에는 좋은 사람이 되고 싶어.

알아주길 바라는 작고 좋은 마음이라 해도,

누군가를 닮으려 어설프게 따라 하더라도,

꾸준히 보다 나은 모습으로 비치고 싶어.

불안은   길 위로
                 흘려보내고

언젠가는 그 모습 가까이 닿기를 바라며.

탄성

아닌 처해도 늘 절박한 문제였고,
성공해야만 하는 이유는 단순했다.

'탄성을 잃을 만큼 주어진 환경에서 멀어지는 것.'

뻔한 이야기지만
항상 나의 아버지처럼
살고 싶지 않았고,

불완전하고 불공평한
현실을 일찍이
무던하게 받아들였다.

때문에 까마득히 솟아오른 성공이 아니라,
그저 그런 적당함 속에 머물러버린다면,

언제라도 묵직한 스프링에
멱살 잡혀 원래의 위치로,

아니 그보다 훨씬 깊은 아래로
끌려갈 것만 같았다.

이 위태로운 마음은
살아가는 데 필요한 긴장감일까?

불안은   길 위로
                 흘려보내고

아닝 꿈과 비전으로 잘 포장된
그저 공포심일까?

새벽

긴 새벽을 보내다 보면,
절대 해가 뜨지 않을 것만 같다.

하지만 가로등은
매일 같은 시간에,
'툭' 하고 꺼진다.

그때 이미 하늘의 색은
조금 바뀌어 있다.

새벽 4시쯤의 아무도 없는 아파트 단지, 눈 비슷한 것들이 차가운 하늘에 잔뜩 흩날렸다. 시티 오토바이는 몸에서 몇 미터 떨어진 곳에 쓰러져, 불규칙한 엔진 소리를 내며 바퀴가 헛돌고 있었고, 신문 꾸러미는 순서를 알 수 없게 이리저리 바닥에 흩어져 있었다. 실은 하늘에 날렸던 건, 눈이 아니라 한쪽 소맷자락이 터진 패딩 점퍼에서 나온 오리털이었다. 가로등 불빛을 받아 미세하게 빛을 내며 천천히 떨어지는 그것들을 한동안 멍하니 바라보았다. 배달을 시작하기도 전에 넘어지다니.

'하, 오늘 새벽 참 길겠다.'

가로등 뒤의 밤하늘이 유난히도 짙고 검게 느껴지는 날이었다.

나의 생애 첫 아르바이트는 신문 배달이었다. 이유라면 단순히 아르바이트 사이트 상단에 있어 눈에 띈 것도 있지만, 다시 떠올려보면 그때의 나는 스스로 강해져야 한다는 것에 꽤 집착하고 있었다. 무엇이 되었든 조금 더 쉽지 않은 일을 해야겠다는 마음도 있었을 테다.

신문 배달이라 하면 대부분의 사람들은 동이 트기 조금 전에 일과가 시작될 것이라고 생각하지만, 나의 출근 시간은 밤의 한가운데인 12시 반이었다. 주말도 없이 매일 같은 시각, 동네의 작은 신문 지국으로 향했다. 도착하자마자 신문마다 광고 속지를 끼우고 동네별로 필요한 신문 꾸러미를 만든다. 그리고 각 동네와 아파트 단지마다 걸어서 배달하시는 분들을 위해 그들이 찾기 쉬운 적당한 위치에 신문을 가져다 둔다. 그렇게 3시 반이 되면 드디어 나의 배달도 시작된다. 하지만 아직도 해가 뜨려면 한참 먼 시각이다.

첫 번째 배달지를 향해 오토바이를 타고 아무도 없는 도로를 빠르게 달려간다. 동네 사람들이 아침 눈을 비비며 현관 밖을 확인하기 전까지 250부가량의 배달을 마쳐야 했다. 어느 방향에서 해가 떠오르는지 알아챌 수도 없이 아파트와 상가, 주택의 계단을 오르락내리락하고, 좁은 길을 이리저리 뛰어다니다 보면 어느새 새벽은 끝이 나 있다.

그때 나는 학교를 그만둔 뒤 검정고시와 수능을 치르고, 몇 개의 대학에 지원하여 합격 발표를 기다리던 때였다. 기나긴 어둠이 걷히고 아침이 오기를 바라는, 새벽과 닮아 있는 시간이었다. 그래서 눈을 생생히 뜨고 이리저리 달렸던 그날의 일들이 기억에 더 짙게 남아 있는지도 모르겠다. 3개

월간의 혹독한 첫 아르바이트가 끝나고, 다행히 대학에 입학해 나름대로 의미 있는 인생의 새로운 막을 시작했다.

지금도 가끔 해야 할 일들의 부담이 몰려서, 혹은 누군가와 시간 가는 줄 모르고 대화를 하다가, 아니면 그저 복잡한 마음에 잠을 이루지 못하는 날들이 있다. 그럴 때마다 신문 종이와 잉크, 오토바이 휘발유, 한 겨울의 차가운 공기 냄새가 뒤섞인 그날의 새벽 분위기를 종종 떠올린다.

해 뜨기 전, 하루 중 가장 어둡다고 말하는 새벽의 경계는 명확하지 않다. 밤의 끝자락과 아침의 시작 무렵, 어딘가에 모호한 모습으로 걸쳐져 있다. 그래서 긴 새벽을 보내다 보면 절대 해가 뜨지 않을 것 같기도 하다.

하지만 가로등은 매일 같은 시간에, '툭' 하고 꺼진다. 그때 이미 하늘의 색은 조금 바뀌어 있을 것이다.

불안하거나, 무언가 간절할 때,
가끔 기도를 한다.

특별한 누군가에게 하는 것은 아니고,
어릴 적부터 엄마가 가르쳐주신 방법.

진심을 다해,
확신을 가지고,
지그시 되뇐다.

'어떤 결과가 와도 다 받아들이고,
이겨 낼 수 있는 내가 되게 해주세요.'

불안은　　　　　　　길 위로
　　　　　　　　　　흘려보내고

어쩌면 가장 어렵고 무모한 기도지만,

또 어떤 상황에서도
이루어질 수 있는 만능 기도.

바다

칠흑 같은 바다를 멍하니 바라보다 보면,

문득 그곳 어딘가를 유유히 자유롭게

헤엄치는 고래를 상상하곤 해.

종종 답답한 마음에 어딘가에 대고 크게 소리를 치고 싶을 때가 있다. 하지만 생각보다 우리 주변에는 마음 놓고 소리칠 만한 곳이 없다. 괜한 오해를 불러일으키거나 민폐가 될 것이 뻔하니까 말이다.

그럴 때면 호주에서 워킹홀리데이를 했던 2013년, 그때 당시 머물렀던 케언스라는 도시 옆에 딸린 자그마한 휴양지, 팜코브의 해변을 추억한다.

호주는 오랜 친구인 M과 함께 갔다. 우리 둘은 대학교를 다니던 시절, 시간이 빌 때 노래방을 자주 가곤 했다. 지금도 생각나는 '돈키호테 노래연습장'은 밤중에 들어가 1시간을 끊으면 무한한 서비스가 이어졌다. 우리는 몇 번인가 아침 해를 보고 나올 만큼 노래 부르기를 좋아했다.

하지만 호주라는 한적하디한적한 나라에서, 그것도 바다와 리조트, 식당 몇 개가 전부인 조용한 휴양지에 그런 노래방이 있을 리 만무했다. 그래서 우리가 선택한 것은 종종 밤 산책을 나가 바다를 바라보며 노래를 부르는 것이었다. 사람이 많지 않은 곳에서 서로 어느 정도 멀찍이 떨어져, 소리를 힘껏 지르며 몇 곡씩 부르곤 했다.

바다는 늘 소란스럽게 고요하다. 파도와 함께 끊임없이 몰아치고 부서지는 바다의 소리는, 주변의 모든 것들을 적막하게 만들기에 충분하다. 어두운 밤이라면 더욱 좋다. 또한 그 어떤 소리에도 절대 메아리치지 않는다. 한껏 힘을 내어 질러낸 목소리도, 단번에 파도가 삼켜버려 그 어디에도 닿지 않는다. 소리를 지르기에 그만한 장소가 없다.

사실 군대를 갓 전역해 패기 넘치던 시절의 우리는, 경험 삼아 아님 돈을 좀 모아보겠다는 심정으로 특별한 계획도 없이 그곳으로 떠났다. 당연하게도 어려움투성이었다. 외국인 신분으로 이력서를 돌려 일을 찾고, 사람이 살 만한 집을 구하고, 사람들을 사귀는 일 등 하나하나 다 난관이었다. 공기 좋고 아름다운 풍경은 어느 순간부터 무감해졌고, 이곳은 내가 있을 곳이 아니구나, 하지만 돌아간다고 해서 또 무엇이 있을까, 답답한 생각들만 머릿속에 가득했다.

그나마 하루의 끝에, 맥주 한 병을 손에 쥐고 해변을 향해 털레털레 걸어가서 소리를 힘껏 지르는 것으로 위로를 삼았다. 그곳의 밤바다는 매번 어수선한 감정들을 가차 없이 잘게 부숴주었다.

그때 유독 많이 불렀던 노래는 YB의 '흰수염고래'이다. 바다라는 것을 의식하고 부른 것은 아니지만 칠흑 같은 바다를 바라보며 내심 그곳 어딘가를 자유롭게 헤엄치고 있을 커다란 고래를 상상했을지도 모르겠다.

우리도 언젠가 흰수염고래처럼 헤엄쳐.

두려움 없이 이 넓은 세상 살아갈 수 있길.

그런 사람이길.

———— YB '흰수염고래' 중에서

흐린 제주의 밤바다는 특별하지 않았다.

한 치 앞도 디딜 수 없이 캉캄하기만 한,
우리가 걷고 있는 긴 터널과 닮은 장면.

그래도 실없이 웃었고, 그마저도 즐거웠다.

벅찬 감동이나 교훈 따위는 없어도,
분명 기억될 어떤 순간임을 확신했다.

마치 긴 글 사이에 귀엽게 자리 잡은,
아무런 의미 없는 삽화 한 장처럼.

여행의 의미는 딱 그 정도면 충분했다.

힘듦

'힘들다'는 한마디가 생각보다 참 어렵다.

믿어주는 사람에게 혹시 짐을 지어줄까 봐서,

누군가에게 기대하고 상처 받고 싶지 않아서,

나약함이 습관이 되어버릴까 봐서,

그냥 '씩씩한 척 꿋꿋한 척'으로 넘어가버린다.

모습

어린 적 아빠의 직장으로 인해
가족이 떨어져 지내던 시절.

한번은 아빠를 만나고 돌아오는
기차 안에서 엄마가 울으셨다.

"매번 아빠랑 이렇게
헤어지기 힘들지 않아?"

그러자 나는 갑자기 작은 두 손으로
눈을 꽉 막으며 말했다고 한다.

"엄마, 이렇게 하면 아빠 얼굴이 보여!"

"그니까 하나도 안 힘들어."

나는 그리움을 이기는 법을
그렇게 터득했나 보다.

어느덧 아빠가 세상을 떠난 지
6년이란 시간이 흘렀음에도,

여전히 그날 무렵이 되면
평소와는 기분이 조금 달라진다.

하지만 보고 싶다는 표현은
그리 어울리지 않는다.

지금 이 순간에도 눈을 감으면,

까만 바탕 위에 모습 그대로 떠오르니까.

언젠가 아빠의 차를 타고 등교를 하던 중 꽉 막힌 도로 위에서 접촉사고가 난 적이 있다. 분명 짜증이 날 법도 한데, 아빠는 조금의 짜증이나 화도 내지 않으셨다. 거듭 사과하는 상대방에게 그저 미소를 지으면서 덤덤하게 사고를 처리하셨다.

물론 아빠의 체격이나 외모가 객관적으로 볼 때 조금 위협적이어서(?) 그랬을 수도 있다. 하지만 아무도 없는 길 위에서도 늘 신호 정지선 뒤에 서서 신호가 바뀔 끝까지 기다리시던 아빠는, 모든 것에 있어서 느긋하고 다정한 사람이었다.

어린 시절, 아빠는 주말마다 나를 데리고 어딘가로 꼭 놀러 갔다. 심지어 집에 차가 없던 시절에는 나를 어깨에 둘러맨 채 버스와 지하철을 타고 여기저기 데려갔다. 여름방학이면 수영장을, 겨울방학이면 썰매장을 있는 대로 다 다녔고, 아빠는 혼자 정신없이 즐거워하는 나를 필름 속에 가득 담아 집으로 돌아오곤 했다.

사춘기가 지나면서 여느 평범한 아빠와 아들처럼 많은 대화를 나누지 않게 되었지만 무언가 잘못을 수습한다든지, 어렵고 복잡한 일이 생길 때마다 아빠를 찾았다.

고백하건대 나는 초등학교 저학년 이후로 아빠를 좋아하지 못했다. 한 사람 안에 다정함과 강함이 공존하면 이상적이겠지만, 아빠는 그리 강하지 못한 어른이었다. 그래서 어릴 적 우리 가족이 겪는 힘듦이 다 아빠의 탓이라고 생각했다. 그 당시에는 잘 알지 못했다. 아빠는 인생에서 여러 번의 좌절을 겪었고, 나름의 최선을 다했으나 세상에는 노력만으로 안 되는 일도 많다는 것을. 아빠가 돌아가신 이후엔 아빠를 원망하는 대신 그의 인생을 끝으로 내몰았던 술, 돈, 세상, 그런 것들을 원망하기로 했다.

아빠가 돌아가셨던 그날, 내가 느낀 슬픔은 가족으로서 다시 그를 만날 수 없다는 것과는 조금 달랐다. 평생을 옆에서 지켜본, 너무나도 불쌍한 한 사람의 끝을 마주하게 되었을 때 느낀 쓰라린 아픔과 슬픔에 가까웠다. 그 와중에 아빠의 마지막 표정은 아무 걱정도 없는 듯, 여전히 다정하고 온화했다.

아빠는 운전을 좋아하고 잘하셨다. 능숙하고 부드럽게, 그리고 안전하게 운전을 하시는 모습이 정말 멋있었다. 좋은 차에 대한 로망도 항상 갖고 계셨다. 그래서 나는 돈을 많이

벌면 아빠와 잘 어울릴 만한, 비싸고 좋은 새 차를 하나 뽑아드리고 싶었다. 효도하고자 하는 그런 바람직한 마음이기보다 아빠의 얼굴에서 더 이상 의지나 희망을 잃은 표정이 아닌, 오랜 시간 볼 수 없었던 으쓱하고 자신감 넘치는 모습을 보고 싶었다.

하지만 이제는 그럴 수 없다는 것이 아쉽고, 아프다.

계절

계절의 끝자락에 찾아오는 비는,

어느 빗방울들과 다를 것이 없음에도

불안은   길 위로
                    흘려보내고

새로운 계절에 대한
막연하지만 확신에 찬 기대가 들어.

그러니까 오늘 하루쯤은
한없이 가라앉고 눅눅해져도 괜찮을 거야.

곧 여름이 올 테니까.

불안은　　　　　길 위로
　　　　　　　　흘려보내고

끊임없이 나에게 질문을 던져가며,
나름대로 선택하며 걸어가고 있지만

문득 '진짜 확신해?'라고 묻는다면,
대답이 망설여지는 것도 사실이지.

믿는 구석이라고는 오직 나일 뿐인데,
당연하게도 아직 증명된 적이 없거든.

그런 막연한 불안감이 피어오를 때면,
어디선가 힌트라도 던져주면 좋겠다 싶어.

설령 아무런 도움이 안 되더라도
두루뭉술하게. 핵심은 다 피해 가도 좋으니까.

'어딘가에 답이 있긴 있어.' 라고.
딱 그 정도만, 귓속말 처럼 알려주길.

고등학생 때, 타블로의 꿈꾸는 라디오를 들으며
라디오 DJ를 꿈꾼 적이 있다.

또 강풀의 순정만화를 여러 번 정주행하며
웹툰 작가를 꿈꾸어보기도 했다.

언젠가는 뮤지컬 렌트에 깊게 심취하여
뮤지컬 배우가 되는 상상도 여러 번 해보았다.

그리고 엇모르던 새내기 시절,
알바 양토의 빌라 마이레아 오형을 만들며
세계적인 건축가가 되겠다고 떠들기도 했다.

꿈들 하나하나 다 짚라면 입이 아플 정도지만,
이제는 빛바랜 기억 같은 느낌 뿐.

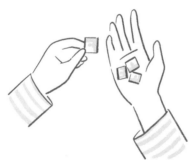

그 어떤 것도 하나의 데이미로는
스스로 확신을 가지기에 참 애매하다.

다만 희미하게 비치는 여러 겹들이
켜켜이 쌓여 하나의 결이 될 수 있다면,

한 번도 본 적도, 증명된 적도 없지만

어쩌면 내가 바라는 것과 가장 가깝지 않을까?

고등학교 2학년 때쯤 진로검사를 한 적이 있다. 형식상의 검사라고 생각했기에 큰 기대는 없었다.

모두가 혼란한 그 시기에 나는 하고 싶은 것이 수없이 많았지만, 정작 진지하게 노력을 쏟아부어야 할 방향을 정하는 것에 어려움을 느꼈다. 어떤 과에 진학해서, 어떤 직업을 가지고, 어떤 사람이 되어야 할까. 다들 하는 질문이지만 어쩐지 나에게는 너무나도 무겁고 진지하게 다가와서 자꾸 회피하기만 했다. 나도 아직 나를 모르겠는데, 종이 몇 장으로 내게 어울리는 미래를 추천해 준다는 것에 기대할 리 만무했다.

그런 삐딱한 마음으로 임했던 진로검사 결과 종이를 받아들고, 나는 잠시 멈칫했다. 추천 직업란에 익숙하면서도 무언가 멋있어 보이는 단어, '건축가'가 가장 먼저 들어와 있었다. 살다 보면 문득 그런 기분을 느낄 때가 있다. 어떤 하나의 사건이, 지금까지 일어난 일련의 일들을 이어주는 사라진 퍼즐인 것마냥 맞추어져, 필연적인 운명이라고 느껴지는 순간 말이다.

남자아이들 손에 한두 개쯤 쥐어져 있던 변신 로봇보다 주

야장천 레고 블록만 고집했던 유년시절, 장래희망 칸을 늘 '화가'로 적어냈던 초등학교 시절, 공예부, 미술부, 종이접기부, 만화그리기부 등 손을 쓰고 무언가 만드는 것만 선택해온 특별활동, 암기과목에는 흥미가 없어서 선택한 이과, 그중에서도 조금은 좋아했던 물리……. 선들을 그려 집을 만들고 동네를 이루고, 나아가 도시를 그리는 '건축가'라는 직업은 그야말로 "이거야" 싶은 직업이었다.

그때부터 대학 진학의 모든 초점을 건축학과로 맞췄다. 다른 과는 거들떠보지도 않고 준비하여 건축학과에 진학했고, 졸업 후 건축설계회사에도 입사할 수 있었다.

다만 현실은 그리 녹록지 않았다. 인지도가 높다거나 대우가 좋은 직종도 아닐뿐더러, 마감을 해야 하는 프로젝트의 특성상 야근도 꽤 잦았다. 확연한 미래를 그리기도 쉽지 않은 직업이라 회사 동료들이나 대학교 친구들과 모이면 항상 신세 한탄을 하기 일쑤다.

그럼에도 나는 여전히 해나가고 있다. 다양한 것에 관심이 늘어나고 바라보는 눈도 조금씩 달라지고 있지만, 이 일이 내가 잘할 수 있는 일이라는 생각에는 변함이 없다.

사실 그 검사 결과에는 추천 직업이 스무 개가량 있었지만 신기하게도 나머지는 단 하나도 기억이 나질 않는다. 그중에서 건축가가 제일 앞에 있었던 것도 대단한 '하늘의 계시' 같은 것은 아니었다. 그저 가나다순이었을 뿐이다. 그때 그 사실을 몰랐던 것도 아니다. 그냥 머릿속에 있던 수많은 질문에 좋은 답이 되어줄 것 같아서, 모르는 척 넘어갔을 것이다. 그러나 한 가지 분명한 건, 나는 '건축가'가 마음에 들었다.

운명처럼 보이는 모양새는 단지 그 선택에 힘을 실어주었을 뿐.

권태

같은 것들이 반복되고 연속되다 보면
당연하듯 찾아오는 권태로운 마음.

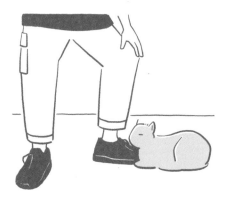

'그만두고 싶진 않지만, 지금은 하기 싫어.'

그 '지금'이라는 시간을 끊어내기 위해

맥락 없이 샛길로 빠져버리기를 택한다.

이러나저러나 불안하고 두려운 건 똑같으니,

일단 조금은 설레는 방향으로 걸어 봐야지.

나이에는 아무런 내용도 담겨 있지 않아.

스무 살에 좀 무의미하고,
마흔 살에 좀 불안하면 어때.

나이가 존재하는 이유는 그저,

언제든 기억하고 찾아가기 쉽게 만들어 주는,

나의 시간을 기록하는 '페이지 번호'이니까.

지금 써 내려가는 30페이지 12번째 줄은,

오롯이 나의 선택에 달려 있어.

다시 제자리로 돌아오는 일

걷기 좋은 날, 걷기 좋은 길보다는

걷고 싶은 마음이 더 소중하게 느껴져.

어떤 아픔이나 위태로움 속에서도

변함없이 길 위를 걸어 나가려는 마음.

그 마음으로 오늘도 나는 발길을 옮기고 있어.

준비

기다려야 할까. 더 다듬어야 할까.

여러 번 반복하고, 또 연습해도
익숙해지지 않는 것투성이.

왠지 조금 억울한 마음이 들어.
언제까지 웅크리고 준비만 해야 할지.

지구가 삼십 번쯤
제자리로 돌아오는 동안

난 자주 흔들렸고,
또 제자리를 찾았어.

여전히 어디로
향할지는 모르겠지만,

저어도 어디로
돌아올지는 알고 있어.

이 정도면 이제 됐어.

어떤 운명이 눈앞에 펼쳐지더라도,

나는 받아낼 준비가 됐어.

고백

오랜만에 찾은 집, 엄마가 물으셨다.
"하고 싶은 이야기 없어? 힘든 점이라든지."

잠시 망설였다.
엄마에게 절대 해선 안될 말들이 떠올라서.

"하루하루가 고통스럽진 않아.
당연히 기쁠 때도, 슬플 때도 있긴 해."

"그런데 그것과 상관없이 나는 항상
눈을 뜨지 않는 다음 날 아침을 상상해."

다시　　　　　　제자리로
　　　　　　　　돌아오는 일

"그런 스스로가 두려워.
마치 시한폭탄처럼 느껴져."

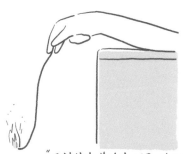

"도화선의 불씨가 너무 작아서
보이지 않는 거라면 어쩌지."

"혹시나 삐끗해서 돌이킬 수 없게 느껴지면,
삶의 끈을 툭하고 놓아버릴까 봐. 아빠처럼."

"한없이 다정하고 따뜻했던 나의 아빠이자,
살아남기에는 너무 약했던 불쌍한 한 사람이."

"결국 나의 일부인 것는 부정할 수 없으니까.
나 아빠 아들이잖아."

다시   제자리로
                       돌아오는 일

"나의 모든 것들은, 그 마음에서 자유롭지 못해."

"매 순간 살아있기 위해 걷고, 생각하고, 싸워."

"네 이야기에 조금 놀라기는 했지만,
사실 엄마도 종종 그런 생각을 해."

"어쩌면 내가 없는 것이,
너의 남은 인생에 도움이 되지 않을까."

"사실 말도 안 되는 생각인데, 참 신기한 게,
그 순간은 꽤 그럴듯하게 보인다는 거야."

"하지만 그런 일은 절대로 일어나지 않아.
너는 내 아들이기도 하니까."

"세상에 너와 나, 둘을 남겨놓은 이유는,"

"서로를 위해서 꼭 살아가야만 하고,
또 그럴 만큼 충분히 강하기 때문이야."

다시　　　　　제자리로
　　　　　　　돌아오는 일

"아빠의 선택은 그 누가 뭐라 해도,
엄마와 너를 위한 희생이라고 믿어."

"삶이 가치 있는 것만 가득한 것도 아니고,
매 순간 놓고 싶은 것도 당연한 일이지만."

"그럼에도 꿋꿋이 붙잡으며 살아가는 것."

"그게 어딘가에서 지켜보고 있을
아빠에게 보답하는 길이야."

2014년 가을, 나는 내 속에 모든 감정의 스위치를 내렸다. 더 이상 그럴 자격이 없는 사람이라고 느꼈기 때문이다. 병원 앞 횡단보도를 건너며 한 통의 전화를 받고 아빠가 스스로 세상을 떠난 것을 알게 된 순간부터, 나는 살아가기 위해 마치 기계 같은 가짜가 되어야 했다.

그때부터 스스로에게 부여한 명령은 '어른'을 연기하는 것이었다.
유일한 자식, 상주, 법정 상속인, 그리고 채무자. 나는 학교보다 경찰서와 법원을 더 자주 다녀야 했다. 아빠의 죽음에 대해 그 어떤 감정적인 매듭을 지을 틈도 없이 나에게 남겨진 큰 빚을 처리하는 게 내 삶에서 훨씬 더 급한 일이었다. 그렇게 나름 별 탈 없이 능숙한 척 '어른'을 연기했지만, 그때 나는 고작 스물네 살이었다.

그런 시간들 속에서 지금 떠올리면 너무나도 부끄러울 정도로 오만한 착각 속에 빠져 있었다. 나는 누구보다 불행하고, 주변 사람들의 고통보다 내 고통이 훨씬 더 크다고 생각했다. 누군가 내 앞에서 고통을 이야기할 때마다 머리가 어지러울 정도로 저항감에 사로잡혀 듣고 싶지 않았고, 도저히 공감할 수도 없었다. 그러고 나면 여지없이 죄책감에 빠졌다. 이미 감정의 스위치가 꺼져버린 뒤라 남의 아픔이나 슬픔을 수용할 수도, 처리할 수도 없었던 것이 아닐까.

그럴 때마다 내가 누군가에게 사랑받을 자격은 있는지에 대해 강한 의문이 들었다. 심지어 그 당시 연인이 있었음에도 말이다. 분명히 같이 있는 시간은 행복하고 즐거웠지만 시간이 지날수록 불안감은 점점 번져 갔다. 나의 모든 마음에 솔직해지면 순식간에 다 무너질까 봐서, 사랑하는 사람 앞에서조차 가짜로 지냈다.

결국 약 4년의 연애 끝에, 연인에게 처음으로 아빠와 나에 대한 이야기를 고백하며 이별을 통보했다. "사실 나는 온전히 서 있기도 힘든 사람이야. 네가 원하는 평범한 행복은 줄 수 없을 것 같아"라고. 눈물을 흘리며 멀리 걸어가는 연인의 뒷모습을 덤덤하게 바라보았다. 그리고 바로 다음 날 아침, 일어나자마자 숨을 쉬기 힘들 정도로 펑펑 울었다. 이별의 슬픔보다 한없이 구차하고 비겁한 나의 모습과, 세상에 대한 원망과 억울함 때문이었다. 그리고 더 이상 나는 타인에게 사랑받을 수 없을 것이라고 확신했다.

그렇게 자책은 뻔한 습관으로 이어졌다. '나는 가진 것도 없고 타고난 것도 없어. 이대로 도태되어 아무것도 아닌 존재로, 조용히 사라져버릴지도 몰라'라는 문장 속에 빠져 허우적거렸다. 사는 것 자체가 공포가 되었고, 설령 보람찬 하루를 보내고 다음 날 설레는 일이 기다리고 있을지라도 매일 밤 눈을 감으며 눈을 뜨지 않는 아침을 상상했다. 차마 스스로 놓아버릴 수 없었던 유일한 이유는 엄마뿐이었다.

스스로 어딘가 잘못된 것 같고, 혼자서만 유난을 떠는 것 같았다.

최근에서야 미디어에서 '자살 유가족'이라는 말을 접하게 되어, 남겨진 가족들이 평범하게 살아가는 것은 생각보다 그리 당연한 일이 아니라는 것을 알게 되었다. 신기하게도 '자살 유가족'이라는 단어 하나만으로 스스로 자책하며 살아온 그간의 감정들이 타당하게 느껴졌고, 생각 이상으로 어마어마한 위로를 받았다. 또한 이러한 감정은 살아가는 이들 모두가 지닌 수많은 고통 중 하나일 뿐, 나는 절대로 잘못된 것이 아니었다.

아빠가 돌아가신 지 몇 년이 흐른 지금, 나는 감정의 스위치를 다시 올리기 위해 노력하고 있다. 여러 사람들과 같은 아픔에 대해 대화를 나누거나 글과 그림으로 이야기를 정리하다 보면 스위치의 무게가 조금씩 가벼워지는 느낌이 든다. 분명 누군가에게는 무겁고 불편한 이야기일 수도 있다. 그래도 이 이야기만큼은 지극히 이기적인 마음으로 다 털어놓고, 이제는 자유로워지고 싶다.

사과

참 욕심이 많아서,
항상 나에게 많은 것을 바랐다.

하지만 여김없이 나타나는
부족함, 나약함, 그리고 나태함에,

매번 가차 없이 비난을 퍼붓는 나 자신.

사실 그조차도 안고 가야 할 나일 텐데.

그 불안함으로 똘똘 뭉친 나에게,
처음으로 용서를 구하고 싶어졌다.

'내가 기대하는 충분한 내가
되어주지 못해 진심으로 미안해.'

욕심

조금 더 잘하고 싶다.

특별한 우언가를 잘하고 싶다기보다,

무리하게 기대하고, 늘 탓하기만 했던,

나에게 단 하나뿐인 나 자신에게,

누구보다도 잘하고 싶다.

엄마

문득 엄마의 질문,
"너에게 한 나의 교육방식이 과연 옳았을까?"

나는 망설임 없이 옳았다고 말했다.

내가 지금 나를 사랑하고,

나의 의지로 내 삶을 살아가는 것은,

변함없이 지켜야 할 것들에 엄격하면서도,

나의 모든 선택에 망설임 없는 믿음을 주셨던,

적어도 나에게는 완벽했던
'엄마의 방석' 덕분이었음을.

"이거 봐, 누가 엄마라고 하겠어."

엄마는 나와 함께 현관이나 엘리베이터의 커다란 거울 앞에 서면, 우리 둘의 모습을 비춰 보며 물으신다.

"누나라고 해도 믿겠다. 그치?"

"무슨 누나야. 말도 안 돼."

"50대 아줌마치고 예쁘잖아, 그치?"

"아, 몰라."

젊고 예뻐 보인다는 말을 이렇게나 듣고 싶어 하는 엄마가 또 있을까. 내가 기억하는 한 열 살 무렵부터 들었으니 벌써 20년째 듣고 있는 셈이다.

엄마는 화려하게 치장하는 편은 아니지만, 같은 연배인 분들에 비하면 확실히 동안이시다. 그 이유는 외모 때문도 있겠지만 말투와 표정, 무엇보다 행동이 큰 몫을 하는 것 같다. "너는 이제 아저씨 같다"며 아들의 외모를 가차 없이 놀리는 엄마의 모습은, 때로 나보다 더 때 묻지 않은 순수한 아이처럼 다가오기도 한다.

똑똑하고 여성스러운 큰 언니, 인형같이 예뻐서 항상 주변의 눈길을 받았던 작은 언니, 두 언니들 밑에서 상대적으로 장난기 많고, 까맣고 평범했던 어린 소녀는 항상 어른들의 직접적인 비교의 대상이 되었다. 그렇다 보니 엄마는 자연스럽게 스스로 잘못되었다는 생각에 빠져, 콤플렉스로 똘똘 뭉친 어린 시절을 보내셨다고 한다.

그랬던 소녀에게도 꿈이 있었는데, 가수들을 동경하며 노래 부르기를 무척 좋아했다. 우리 집에 있던 오래된 오디오에서는 늘 대중가요가 흘러나왔고, 엄마는 맑고 단단한 목소리로 노래를 따라 부르시곤 했다. 지극히 주관적인 생각이지만 만약 엄마가 어린 시절부터 꾸준히 갈고 닦아졌다면, 대중가수로서 빛을 보지 않으셨을까. 그런 아름다운 재능을 가졌지만, 그 시절 엄하고 보수적인 집안 분위기 속에서 가수라는 꿈은 감히 입 밖에 내보지도 못했다고 한다.

평범하고 슬픈 이야기지만, 어느 순간부터 엄마의 삶 속에는 엄마가 없었다.

결혼 후 다짜고짜 가족과 친구 하나 없는 곳에서 타지 생활을 시작해, 힘든 형편 속에서도 간장계란밥으로 끼니를 챙겨가며 뱃속의 나를 지켜내셨다. 생계를 이어 나가기 위해 'mother', 'father'밖에 모르는 채로 영어학습지 선생님을 시작하셨고, 여러 유치원과 학원을 하루에 몇 군데씩 돌아다니며 스스로의 한계와 싸워나가셨다. 그리고 스무 몇 해

동안 '아빠'라는 한없이 연약한 사람을 품어가며, 끝까지 포기하지 않고 지켜내기 위해 최선을 다하셨다.

길 잃은 사슴처럼 그리움이 돌아오면,
쓸쓸한 갈대숲에 숨어 우는 바람소리.

엄마가 한때 즐겨 듣고 부르셨던 이정옥의 '숨어 우는 바람소리' 가사처럼, 돌이켜보면 캄캄한 밤, 불 꺼진 방문 너머로 엄마의 흐느끼는 소리를 자주 들었다. 내가 알아채지 못하는 사이, 얼마나 많은 울음을 지나가는 바람소리에 묻으셨을지 감히 상상조차 할 수 없다. 다만 수없이 밀려온 거친 파도에도 엄마는 약해지지 않았다. 외려 더 견고하고 강한 사람이 되게 만들었을 뿐이다.

나는 가끔 마주치는 엄마의 주름살, 흰머리 같은 사소한 변화들에 놀라지 않는다. 세월이 만들어낸 그 자연스러운 변화를 제외하면 엄마는 나의 가장 첫 기억 속 모습과 표정, 말투, 행동, 눈빛, 그 어느 것 하나 변하신 게 없다. 만약 세상에 휩쓸려가는 것이 늙어가는 것이라면, 어쩌면 내가 엄마보다 더 빠른 속도로 늙어가고 있을지도 모르겠다.

실은 아직 거울 앞에서 묻는 엄마의 질문에 한 번도 제대로 대답한 적이 없다. 참 살갑지 못한 아들이라 귀찮기도, 낯 간지럽기도 했기 때문이다. 하지만 그런 거울 속의 해맑은 엄마를 보며 늘 생각한다. 수많은 고통과 역경 속에서도 수십 년 동안 간직해온 모든 것들이 쌓여온 엄마의 얼굴. 그 무엇과도 비교할 수 없을 만큼 아름답다. 여전히 말로 뱉을 자신은 없지만, 이렇게나마 꺼내어 쓴다.

"맞아, 엄마 무지 예뻐."

$은은$

괜찮아, 이 정도면 충분해.

딱 두렵지 않을 만큼만 은은하게 비춰줘.

눈이 부셔 쳐다보기 힘든 빛보다 차라리,

거지기 직전의 얕은 빛이 나을지도 몰라.

다만, 지치지 않고 영원히 빛나주길.

영웅

잇지 않고 찾아오는 시련과 고난.

아마 이건 흔한 영웅설화일지도 몰라.

엄마, 아빠의 고귀한 자석으로 태어나,

미세하게나마 비범한 능력을 가지고,

한마디 응원을 건네는
따뜻한 조력자를 만나고,

통쾌한 승리는 아니더라도
어영부영 위기를 극복하여,

스스로 뿌듯할 정도의 업적을 달성하는.

그런 흔치 않은 영웅이 될지 누가 알아.

힘든 일이 닥칠 때마다 속으로 되뇌는 말이 있다.

'이것도 결국 내 스토리의 일부가 되는 거야. 모든 영웅은 위기를 겪으니까.'

입에 침도 안 바르고 스스로 영웅이라니. 참 가소로운 생각이긴 하다. 하늘을 날 정도의 비범한 능력을 지닌 것도 아니고, 위태로운 세상을 구해낼 용기가 있는 것도 아니면서. 하지만 이 부끄러운 자기합리화가 구덩이 속에 빠진 나를 매번 끄집어 올려주곤 한다.

판타지나 액션 영화를 즐겨보는 편은 아니지만 디즈니 애니메이션이나 마블의 히어로 영화는 모두 챙겨보고 있다. 발단, 전개, 위기, 절정, 결말이라는 평범한 서사 구조 속에 단순하고 명확한 교훈을 전달하는 매력적인 캐릭터들은 소소하지만 확실한 즐거움을 준다.

쉽게 말하면 나는 영웅 이야기를 사랑한다. 주인공들이 깊은 고뇌에 빠지고 이를 헤쳐 나가는 과정이 힘들고 아플수록 더 좋다. 내가 아는 디즈니와 마블의 세계에는 기대에서 벗어나는 새드 엔딩은 없고, 영웅은 희망을 잃지 않고 어떤 식으로든 고난과 역경을 이겨내어 멋진 스토리를 완성하기 때문이다.

이렇게 스스로 긍정회로를 돌리는 것에 능한 편이지만, 사실 나는 굳이 따지자면 매사 부정적인 편에 가깝다. 모든 일에 있어서 일어날 수 있는 최악의 상황을 미리 떠올린다. 사는 것 그 자체가 전쟁이라고 할 만큼 우리는 태어난 순간부터 필연적으로 고통을 겪는다. 또한 고통의 크기와 횟수는 저마다 천차만별이라, 어찌어찌 극복할 수 있는 시련도 있겠지만 도저히 벗어날 수 없을 것 같은 무시무시한 고난도 종종 마주하게 된다.

다만 나는 그 모든 상황을 이겨낼 수 있고, 지더라도 다시 일어날 수 있는 사람이라고 믿음을 가질 뿐이다. 세상의 모든 일은 개인의 의지와 상관없이 일어나지만 내가 가진 생각만큼은 내 마음대로 할 수 있다. 어쩌면 스스로를 영웅이라 칭하는 건, 믿음이 부족해진 나를 치켜 올려주는 나만의 장치인 셈이다.

그러니까 영웅이라고 해서 굳이 거창하고 위대한 서사를 써 내려 갈 필요는 없다. 인생에 고통이 존재하는 한 그것과 싸워 물리치든, 기를 쓰고 버텨내든, 아니면 안전한 곳으로 도망치든, 영웅 설화의 한 장은 이미 완성되었다. 우리는 그렇게 영웅의 이야기를 살아내고 있는 것이다.

> 알려줘, 저 수평선 너머에 무엇이 있는지.
> 내가 저곳을 넘을 수 있을지.
> ——— 애니메이션 영화 〈모아나〉 중에서

모아나는 저주에 걸린 섬을 구하기 위해 머나먼 항해를 떠난다. 모아나가 바라보는 수평선이 얼마나 멀리 있는지 알 수 없는 것처럼, 앞으로 얼마만큼의 파도가 우리의 길 위를 덮쳐올지, 언제쯤 이 고난도 끝이 날지 알 수 없다. 다만 우리가 간절히 바라는 곳을 어렴풋하게나마 상상하며, 흘러가는 바람의 방향을 믿고 꾸준히 노를 저어보는 수밖에.

계획

우언가를 정하고 지키는 일이 참 어려워서,

알맹이만 빼고 적는 느낌으로 시도 중이다.

다시   제자리로
돌아오는 일

예를 들어 5년 후엔, 지금보다 오묘하고 진한,

살짝 미지근한 온도의 무언가를 하고 있을거야.

이 무책임한 계획의 평가는

그때의 나에게 맡길 테니,

적당히 끼워 맞춰주길. 나름 보람찰 수 있도록.

전진

길을 걷다 보면 되돌아가야 할 순간이 있어.

막다른 길이거나,
잊은 무언가가 있거나,
아님 도저히 내키지 않거나.

그럴 때는 당연하듯 자책으로 이어져 버려.

'이 길로 들지 말걸.'
　　　'더 꼼꼼해져야만 해.'
　　　　　'변덕스럽고 나약해.'

하지만 돌아간다고 해서
뒷걸음질을 치는 건 아냐.

스스로 마음먹고, 미련 없이 몸을 돌린 이상.

새로운 걸음이 기다리는
또 다른 전진이 될 거니까.

장소

나를 회복하는 장소를 몇 군데 정해놓았다.

늘 닿기 쉬운 가까운 곳부터,
깊게 동경하는 어느 먼 곳까지.

시간은 끊임없이 흐르고 있고,
행동은 의자를 필요로 하지만,

장소는 오랫동안 누군가를 기다리듯
가만히 존재하고 있다.

그곳에 나를 무심하게 가져다 놓는 것만으로,

다시 움직일 수 있는 나로 되돌아간다.

생각해보면 그 어느 동네에도 정을 붙이기 쉽지 않았다. 어릴 적부터 이사를 자주 다녀서 그런지는 몰라도 고향이라고 이름 붙일 만한, 추억이 잔뜩 묻어 있는 동네가 한 번에 떠오르지 않는다.

처음 서울에 올라와서는 직장과 적당히 가까운 동네에 살았다. 흔히 말하는 역세권이라 출근 시간이 30분도 채 걸리지 않았고, 대형 마트와 은행, 프랜차이즈 식당 등 편리한 시설이 손닿을 곳에 모여 있었다.

하지만 그곳에 머물렀던 1년 동안 하루도 빠짐없이 불편함을 느꼈다. 작은 싱글 침대 하나가 방을 가득 채울 만큼 협소한 공간에, 하나뿐인 창은 또 다른 건물의 벽을 마주보고 있었다. 답답함에 산책이라도 나가면 차들이 넘쳐나는 도로를 따라 걸어야 했고, 지나치는 이들은 모두 한결같이 지친 표정, 아니면 몸을 가누지 못할 정도로 취해버린 모습이었다.

혹시 몰라서 계약 기간을 2년에서 1년으로 고쳤던 것이 얼마나 다행이었는지 모른다. 계약이 얼마 남지 않았을 때, 며칠 동안 발품을 팔아 새로운 동네에 집을 구했다. 여러 곳을 고민해보다가 결정한 곳은 남산 아래 첫 번째 동네, '해방촌'이다. 출퇴근 시간은 전보다 두 배 가까이 늘었고, 시설이라고 할 만한 것은 작은 시장과 마트, 동네 가게들뿐이었지만, 나는 동네에 기분 좋게 녹아들었다.

어느 날 동네 미용실 원장님과 출신에 대한 이야기를 나누게 되었다.

"부산에서 오랫동안 살다가 서울에 올라온 지는 얼마 안 됐어요."

"그렇구나. 이 동네에 타지에서 온 분들 꽤 많아요. 저도 대구 출신이거든요. 다들 어쩔 수 없이 서울에 살아야 하고, 계속 살고 싶긴 한데 서울에 적응하기가 생각보다 참 어렵잖아요. 그런데 이 동네는 뭔가 서울인데, 서울 같지 않은 매력이 있어요. 사람 사는 곳 같은 느낌이요. 나름 좋아요. 재밌고."

그 말이 명쾌하게 이해된 건 아니지만 어렴풋이 알 것도 같았다.

주변 친구들에게 "그 동네의 어떤 점이 좋아?"라는 질문을 받으면 뷰가 좋아서, 남산이 가까워서, 시끄럽지 않아서 등

이것저것 이야기하지만, 사실 나에게 이곳은 마치 도시에 둘러싸인 섬과 같다. 남산 아래에 드넓게 깔려 있는, 수많은 아파트와 높은 빌딩, 옹기종기 붙은 낮은 건물들, 뒤엉킨 도로들을 다른 세상처럼 내려다보며, 매일의 도시에서 받은 상처를 그날그날 조금씩 회복한다.

많이들 이야기하는, 집은 몇 평에 옵션은 어떻고, 주변 인프라와 학군은 어떻고, 나중에 집값이 오를지 말지에 대해서는 딱히 생각해본 적이 없다. 직장 동료들이나 학교 선후배들 사이에서 그런 이야기가 오갈 때면 나는 대체로 어색한 리액션이나 얕은 지식으로 아는 척만 하고 있을 뿐이다.

세상 물정을 아직 잘 몰라서, 내가 바라는 동네는 그저 아무 말 없이 나를 품어줄 만한 곳이면 좋겠다. 조금 더 바라건대 해가 뜨고 지고 나무의 색이 변하는 것을 알아채기 쉬운 곳, 도시의 시간보다는 조금 느리게 흘러가는 곳, 상처보다는 추억을 군데군데 묻혀놓을 수 있는 곳, 떠나고 싶지 않은 마음이 자연스레 생겨나는 곳이면 좋겠다. 하지만 안다. 서울에서 그런 곳을 찾는다는 건 허무맹랑한 바람일 수 있다는 것을.

학창시절 문학 시간에 배운 「오발탄」의 배경이 해방촌이었다는 것을 이곳에 살고 나서야 알게 되었다. 소설 속에서 해방촌은 이상향과 같은 고향에 연결된 밤하늘과 현실의 논리가 지배한 서울의 도로, 그 언저리에 위치한 곳으로 그려진다. 모두 각자의 이야기에 따라 어쩔 수 없이 밀려왔지만 자연스럽게 스며들고 섞여서 살아가는 이방인의 동네.

서울에 사는 동안은 이 동네에 꽤 오래 살게 될 것만 같다.

계단

한 발로 올라서는 순간부터,
다음 발을 딛는 순간까지 충실하기.

나에게 '회사'란 딱 그 정도의 의미이다.

무언가를 얻기 위해, 살아남기 위해,
또는 이상을 실현하기 위해

그런 거창하고 생산적인 기대는
사실 시작할 때부터 없었다.

그저 일은 무난하게 흐르고
누군가에게 해가 되지 않을 정도만.

실망하거나 상처 받지 않고
소진 되지 않게 나를 지켜내며,

지금의 계단이 스스로 어떤 의미인지
마음의 확신이 섰을 때,

안전하고 힘차게
다음을 향한 발을 떼어야지.

'이 길의 끝에 무엇이 있을까.'
궁금했던 그 첫발의 기억.

몇 개의 계절이 스쳐가고
사소한 공기조차 달라졌지만,

나는 생각보다
비슷한 자리에 그대로 머물러 있어.

자유롭게 시원하고 쓸쓸했던,
아득하고 막막해서 설렜던,

소중했던 이번 여정은,
어느덧 막바지에 다다랐어.

배낭을 풀고,
      잠시 숨을 가다듬고,
            다시 짐을 챙기고 나면,

바로 다시 떠날 거야.
새로운 풍경을 만나러.

2년간 다닌 첫 회사를 그만두었다.

퇴사 후 첫 번째 목표는 오랫동안 꿈꿔온 버킷리스트 중 하나인 '산티아고 순례길' 걷기였다. 대단한 무언가를 기대하고 계획한 것은 아니었다. 걷기를 좋아하는 내가, 낯선 땅에서 기나긴 길을 걷고 새로운 풍경을 마주하면 조금이라도 달라진 모습으로 돌아올 수 있을 것 같았다.

하지만 상상도 하지 못한 코로나 바이러스의 등장으로 인해 모든 계획은 한순간에 물거품이 되었다. 퇴사의 가장 큰 목적이라고 해도 과언이 아니었던 계획이 사라지자, 나의 여정은 시작부터 길을 잃고 표류했다. 특별한 계획도 없이 그저 흘러가듯 하루를 보냈다. 매일 아침 일어나 남들이 출근할 무렵 가볍게 남산을 올랐다. 자주 가는 카페의 오픈 시간에 맞춰 집 밖을 나서고, 바 테이블 맨 끝자리에 앉아 내키는 시간까지 그림과 글을 끄적이고 책을 읽었다. 지루해질 즘에 카페 밖으로 나가 정처 없이 걸어 다녔다.

그렇게 퇴사자의 느슨한 일상이 반복되던 어느 날, 덕수궁 돌담길부터 정동길을 걷게 되었다. 번잡한 도시에서 살짝 벗어나 길게 이어진 돌담길, 기와 너머로 울창하게 뻗은 나뭇가지, 원형 로터리를 마주 보고 있는 오래된 미술관과 조

그만 교회당, 현대적인 건물 사이사이로 자리한 세월의 흔적이 묻은 붉은빛 벽돌 건물들. 마음에 여유가 생겨서일까. 익숙한 풍경들이 문득 낯설게 다가왔다.

그 낯선 풍경은 내가 산티아고 순례길로 떠나고 싶었던 마음을 다시금 떠올리게 했다. 프랑스의 생장피에드포르부터 스페인의 산티아고데콤포스텔라까지, 모든 것이 익숙지 않은 약 800킬로미터의 여정 속에 나를 던져두면, 이전과 다른 내가 되어서 돌아올 수 있을 것이라 기대했던 그 마음 말이다.

다만 여정이란 꼭 먼 곳에서만 가능한 것이 아니었다. 익숙한 길, 우연한 길, 새로운 길, 그 어떤 길 위에서든 나를 둘러싼 풍경은 한시도 가만히 있는 법이 없다. 시간과 공간은 끊임없이 달라지며 새로운 풍경을 펼쳐내고, 그 앞을 걸어가는 나 역시 한 발씩 내디딜 때마다 미세하게 달라져 있다. 그 하나하나를 알아차릴 때에 모든 순간은 의미 있는 여정이 된다.

퇴사 후 다시 일을 시작하는 데까지 7개월이란 시간이 흘렀다. 그 공백기조차 나에겐 하나의 여정이었다. '산티아고 순례길'이라는, 거창한 무언가를 이루진 못했지만 '지금의 나'를 이룬 시간이었음은 분명하다. 새로운 시선으로 또 다른 여정으로 걸어 나가게 해준 소중한 길이었을 테다.

진심

진심을 꺼내어 보여줄 수는 없겠지만,

만약 마음이 감각으로 닿을 수 있다면,

애정 어린 눈빛과
사려 깊은 소리와
부드러운 온도로

다독이듯, 바라보며, 목소리를 건넬 거야.

둥둥 떠다니는 자국일 뿐이지만,

그게 진심의 모양과 가장 닮지 않았을까.

장마

이제 그만 비가 그쳤으면 좋겠어.

내 방의 곳곳, 몸과 마음의 여기저기,
축축한 비의 분위기에 짓눌려 있어.

숨쉬기 버거운 먹먹함은
아마 빗물 때문일 테고,

지긋지긋한 소란스러움은
분명 빗소리 때문일 거야.

비가 그치면 모든 것이 자연스럽게,

원래의 평온함을 되찾을 수 있겠지.

명상

수많은 사람들 사이에
야생동물 한 마리가 나타났다.

보이는 대로 부수고 공격하며,
모든 것을 폐허로 만들었다.

사람들은 도망가거나 숨고,
아님 공격하고 죽이려 했다.

하지만 단 한 명도
'왜 나타났을까? 왜 그럴까?'는
궁금해하지 않았다.

사실 야생동물은
내 안의 모든 부정적인 마음들의
집합체와 같다.

항상 외면하고 죽이려만 해서,
어느새 무감각해진 것들.

'이 순간, 나는 힘든가?
아파하고 있나?
화를 품고 있지는 않나?'

명상은 그것들을 마주하기 위한
나의 작은 도전이다.

어쩌면 가장 순수하고
원초적인 나일지도 모르는

그 야생동물을,

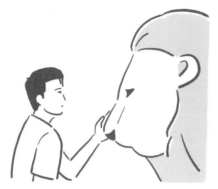

인정하고, 이해하고 길들여, 공존하고 싶다.

가장 나다운 내가 되어 평온해지기 위해서.

아침에 일어나면 물 한 잔을 마신다. 그리고 욕실로 들어가 양치질을 한다. 거기에 한 가지 습관을 더한다. 바닥에 방석을 깔고 그 위에 허리를 편 채, 적당히 편안하지만 긴장된 자세로 앉는다. 이어 눈을 감는다. 코끝에 지나가는 숨에 집중하고, 온몸의 미세한 감각을 천천히 알아차린다. 마음에서 올라오는 작은 감정들을 가만히, 판단 없이 받아들인다.

나는 가벼운 명상과 함께 하루를 시작한다.

명상을 함에 있어서 여러 가지 각자의 목표나 화두가 있다. 보통 불안, 고통, 혼란, 산만, 권태 등의 부정적인 감정을 다루기 위해 많이들 시작한다. 하지만 내가 명상을 시작한 근원의 감정은 긍정도 부정도 아닌, 아무것도 느껴지지 않는 '무감각'을 깨우기 위함이었다.

주변 사람들에게 나는 꽤 평온한 사람으로 비치고는 한다. 감정 표현도 늘 절제되어 있고, 크고 작은 일에 동요하는 모습을 웬만해선 보이지 않는다. 사실 살아가기에 꽤 편리한 성향이다.

하지만 인생에서 몇 번의 큰 사건을 겪은 후 문득 두려움이 생겼다. 평온한 것이 아니라 내 안에서 피어나는 감정들이 밖으로 나오지 못하고 있다는 느낌이 들었기 때문이다. 고통에 온전히 아파하지 못하고, 슬픔에 충분히 빠져들지 못하고, 화를 드러내고 싶어도 화가 만들어지지 않았다. 심지어 기쁨과 행복도 그저 그런 정도로 지나갈 뿐이었다.

아픔을 느끼는 방식은 동물마다 다르다고 한다. 고양이는 아픔을 느낄 때 미동조차 하지 않고 어두운 곳에 몸을 숨겨 스핑크스처럼(식빵을 굽는 모습으로) 엎드려 있는다. 또한 외부의 자극에도 놀란다거나 귀찮아하는 등 크게 반응하지 않는다. 이는 고양이의 생존 본능이라고 한다. 아픔이라는 약점을 내비치지 않아야 살아남을 수 있기 때문이다.

나의 무감각도 어쩌면 고양이와 같이 살아남기 위한 하나의 수단이었던 것 같다. 이제는 더 이상 피어나는 감정들을 숨기거나 외면하고 싶지 않다. 모든 감정을 제대로 마주하고, 다루고 길들여서 함께하고 싶다. 그래서 매일 아침 나는 내 마음을 들여다본다.

불편함을 마주한다는 것은 쉬운 일이 아니다. 얼마나 이 시간들이 반복되어야 자유로워질 수 있을지 답답한 마음이 들기도 한다. 하지만 산책과 명상은 큰 공통점이 있다. 어디로 향하든 돌아올 곳이 확실히 존재한다는 것. 밖을 나서서 결국 처음의 목적지로 돌아오듯, 마음의 길을 잠시 잃더라도 다시금 지금 이 순간, '나'를 향해 돌아오면 그만이다. 이는 커다란 마음의 위안이 된다. 앞으로 수만 번, 수억 번도 더 나에게 돌아올 예정이다.

기도 또는 명상을 할 때 마음으로 외는 주문을 '만트라'라고 한다. 만트라는 수없이 많은 종류가 있지만 나에게는 나만의 만트라가 있다. 또다시 마음이 멈추어 서려 하는 순간, 습관처럼 마음속으로 여러 번 되뇐다.

'얼마나 걸리든 괜찮아. 기다릴게.'

소원

코끝에 스치는 바람으로
계절을 느낄 수 있게 해주세요.

입가에 잔잔한 미소만으로
인사를 건넬 수 있게 해주세요.

보고픈 사람과 사소하고 소란스러운,
한 끼를 먹을 수 있도록 해주세요.

이름을 모르는 누군가를
의심하고 미워하지 않게 해주세요.

그저 우린 익숙하게 살아나갈 거라고,
너무 씩씩한 마음이 들지 않게 해주세요.

부디 언젠가는,

무슨 그런 시시한 바람 따위가 있냐며,
꿈같은 소원을 빌 수 있게 해주세요.

전하고 싶은 이야기

구차한 마음이지만 나에겐 '변명'이 필요한 모습들이 있다. 충분한 부연설명이 없다면 오해를 불러일으킬 만한 아쉬운 면들이다. 하지만 관계에 서툴러서, 말 한마디조차 조심스럽다는 핑계로, 긴 시간이 걸리더라도 자연스럽게 알아주기만을 바랐다. 그러지 못하고 실망하고 사라지는 인연에 대해서는 애써 미련을 두지 않으려 했다.

모든 사람들을 납득시킬 순 없을 것이다. 다만 내가 좋아하는 사람들, 나를 알아봐주는 사람들을 실망시키고 싶지는 않다. 한 명, 한 명 찾아가 "나는 이런 사람이에요"라고 말을 건네고 싶기도 하지만, 그것 나름대로 상대방에게는 부담스러운 일일 것이다. 그래서 서툴지만 그림에 이야기를 담기 시작했다.

나의 삶 속에 가볍고 무거운 일들을 일상의 말투로 덤덤하게 그렸다. 평온하고 단단한 모습부터 부족하고 위태로운 모습까지. 모두 비슷한 온도로 드러내고 싶었다. 부디 충분한 설명이 되기를 바라며.

하나하나 써 내려가보니 이 이야기들이 결국엔 나에게로 향하고 있다는 걸 알게 되었다. 아직 모든 아픔을 극복한 것도, 훌륭하게 역경을 이겨낸 것도, 대단한 깨달음을 얻은 것도 아니다. 여전히 과정 안에 있고 한없이 어설프고 모순적이다. 그래서 내 안의 생각을 한 발짝 물러서서 바라보고 여러 번 곱씹으며 끊임없이 다짐했다.

'그래, 괜찮아. 그래서 그런 거야. 그렇게 나아가면 돼.'

문득 두려운 것이 있다면, 혹시라도 이 이야기들이 조언이나 위로처럼 비치지 않을까 하는 것이다. 운이 좋아서, 누군가에게 조금이나마 좋은 영향을 주게 된다면 감사한 일이지만, 단 한 번도 그것을 바라거나 의도한 것은 아니다. 나는 누군가를 위로해줄 정도의 인물이 못 된다. 그렇게 느껴졌다면 부디 작은 용서를 구한다.

혹시라도 위로처럼 들렸다면 미안해요.
이 이야기는 스스로를 향한 다짐일 뿐 정답이 아니에요.
당신만의 특별한 이야기와 소중한 생각을 응원해요.

끝까지 들어주셔서 마음 깊이 감사드려요.
언젠가 기회가 닿는다면 소소한 풍경이 이어지는 길 위를 산책하며,

당신의 이야기를 조용히 듣고 싶어요.

매 순간 산책하듯

2021년 2월 16일 초판 1쇄 인쇄
2021년 2월 25일 초판 1쇄 발행

지은이   김상현
발행인   윤호권 · 박헌용
책임편집   홍은선

발행처   (주)시공사
출판등록   1989년 5월 10일(제3-248호)
주소   서울시 성동구 상원1길 22 7층(우편번호 04779)
전화   편집 02-2046-2897 · 마케팅 02-2046-2800
팩스   편집 · 마케팅 02-585-1755
홈페이지   www.sigongsa.com

ISBN   979-11-6579-437-8 03810

ⓒ 김상현 2021